867

¶ Laccord fait

es estatz des Princes de Lempire a Ratisbonne en ce moys daoult / present la maieste.

Du voyage en Italie / et retour de Lempire en Alemaigne.

L'an M. D. XLI.

¶ L'accord faict es estatz des Princes de L'empire a Ratisbonne en ce moys daoust.
M.D.xlj.

¶ Le vingtneufieme
du moys passe L'em-
pereur partit de Re-
insbourg pour son
voyage en Italie. Et le mesme
iour fut faicte et mise conclu-
sio au reces de la diette. Ou entre aultres choses a este accorde que ce a quoy se sont resolutz
et arrestez les six docteurs qui
ont examine les six articles en
different touchant la religion
se remettra iusques au concil

general / lequel le Pape a faict
offrir par son Legat qui a affi=
ste icy pendãt ladicte diette / de
faire le celebrer incontinẽt: ou
en faulte dicelluy / au national.
Et selung ny laultre ne se ce=
ledre a la prochaine diette Im
perialle qui est assignee a cest
effect au.xviii.mops prochain
ou sa Maieste se dolbt trouuer
personnellemẽt / que lh021 se
determinera sur le tout / et par
tous les estatz generalement.

Que les gens deglise loup=
ront de leurs biens quilz ont
contre les protestans.

¶ Que les eglises demoureront
côme elles sont de preset sans
y riens demolir/ iusques a la
dicte diette ou concil.

¶ Que les prelatz reformeront
les ecclesiastiques chascun en
droict soy/ donnant exemple de
eulx mesmes.

¶ Quil ne se attentera riens de
faict entre lesdictz catholicqs
et protestans/ a loccasion de la
dicte religion/ ny recepuront
soubz leur protection.

En oultre ont tous lesd estatz
accorde en general presente-

ment dix mil hommes de pied
et deux mille cheuaulx / payez
pour quatre moys au Roy des
Rommains en Hongrie.

¶ Et dauantaige vne ayde du
table pour trois ans / pour em
ployer contre le Turc / de vingt
mille hommes. Et quatre mil
cheuaulx / le tout à leurs frais
et despens.

¶ Quil ne sortira nulles gens
de guerre Dalemaigne sans la
licence de sa Maieste / sur peine
destre chastiez.

¶ Au regard de Gheldres sadit

cte Maieste en entend auoir la
raison par vng bout ou aultre
selon quelle la fait remonstrer
ausdictz estatz/lesquelz se sōt
fort demonstrez contens de ce
ste conclusion. Et sest party de
eulx auec toute bonne intelligē
ce et promesses quilz demoure
ront entre eulx sans esmotion
quelconque.

Au demourant du peregres
du voyage de Lēpereur/il fait
compte destre le.xv.du present
moys a Millan. Et sur la fin a
a Gennes pour sebarquer pour
lentreprinse Dargier. Et mei
ne a cest effect de six a sept mil

pictons Allemãs/qui marchẽt
deuant luy.

La reste de son armee de mer
est preste.Pource faict ladicte
Maieste les plus grandes iour
nees quelle peult/pour autant
que la saison sauance fort. Et
ne demourera que vng iour a
Ciante.

La fint

Imprime a Rouen par
Jehan Lhomme.
M.D.II.